AF509102

# ISMÈNE,

## PASTORALE

## HÉROÏQUE.

*Repréfentée devant S A M A J E S T É,*
*à Fontainebleau, le 12 Octobre 1769.*

DE L'IMPRIMERIE

De Pierre-Robert-Christophe Ballard, feul Imprimeur
pour la Mufique de la Chambre & Menus-Plaifirs du Roi,
& feul Imprimeur de la grande Chapelle de Sa Majefté.

M. DCC. LXIX.
Par exprès Commandement de Sa Majefté.

Le Paroles font de M. de MONGRIF, Lecteur
de la Reine ; l'un des Quarante de l'Académie
Françoife , & de l'Académie Royale des
Sciences & Belles Lettres de Berlin.

La Mufique eft de Mrs. REBEL & FRANCŒUR,
Sur-Intendants de la Mufique du Roi.

Les Ballèts font de la Compôfition du Sr. LAVAL,
Compôfiteur des Ballèts de Sa Majefté.

## ACTEURS DES CHŒURS.

### LES DEMOISELLES.

Canavas.  
Dubois. C.  
Bertin.  
Desjardins.

D'Egremont.  
Aubert.  
Morizet.

### LES SIEURS.

Le Begue.  
Bazire.  
Camus. L.  
Besche 3$^{\text{e}}$.  
Charles.  
Joli.  
D'Egremont.

Abraham.  
L'Evesque.  
Bosquillon.  
Guerin.  
Cochois.  
Joguet.

## PERSONNAGES DANSANTS.

## SECOND DIVERTISSEMENT.

### FAUNES.

Le Sr. VESTRIS.

Les Srs. Hiacinte, Trupti, Lani, C. Rogier.

### PASTRES

Le Sr. DAUBERVAL, La Dlle. ALLARD,

Les Srs. Doffion, Giguet.

Les Dlles. la Fond, le Clerc.

# ACTEURS
## CHANTANTS.

ISMENE, *Nimphe*, La Dlle. l'Arrivée.

DAPHNIS, *Berger*, Le Sr. l'Arrivée.

CLOÉ, *Bergere*, La Dlle.

CHŒUR de BERGERS & de BERGERES.

TROUPE DE FAUNES & de PASTRES.

# ISMENE,

## PASTORALE-HÉROÏQUE.

*Le Théâtre repréſente un Bocage. On voit au fond la ſtatue du dieu Pan, & dans l'un des côtés, un temple.*

## SCÊNE PREMIERE.

### DAPHNIS, *ſeul.*

ZÉPHIRS, aimables fleurs, & vous,
    claire fontaine ;
Vous m'avés vu cent fois ſuivre les pas
    d'Iſmene ;
Apprenés-lui mes féux, qu'ils puiſſent la
    toucher.

Daphnis, dût-il nourrir une tendrefſe vaine,
Au penchant de ſon cœur ne veut point
        s'arracher.


    Viens, vole, Amour, parle toi-même;
Fais trïompher l'ardeur dont je ſuis en-
        flâmé ;
        Si je ne puis me croire aimé,
        Je ne dirai jamais que j'aime.


    Viens, vole, Amour, parle toi-même;
Fais trïompher l'ardeur dont je ſuis, en-
        flâmé.
    Mais je ſens que le Dieu m'éclaire...


    A la Beauté la plus ſevere,
    Par un détour ingénïeux,
    On peut peindre & voiler ſes feux;
C'eſt à la fois s'expliquer & ſe taire.


Iſmene vient, Amour, favoriſe mes ſoins :
J'attendrai le moment de la voir ſans té-
        moins.

SCÊNE

## SCÊNE SECONDE.

ISMENE, CLOÉ, Bergers & Bergeres.

### Cloé.

VOTRE félicité, belle Ismene, m'est
    chere,
J'aime à voir qu'en ces lieux tout s'emprèsse
    à vous plaire.
Dans les jeux que pour vous on prend soin
    de former,
Vos talents enchanteurs vous font mille
    conquêtes :
Ce fut pour couronner votre art de tout
    charmer,
    Que l'Amour inventa nos fêtes.

    Veut-on offrir au plus aimable objet,
    Les premiers dons que le Printems
    ramene ?
    La bergere la plus vaine,
    Malgré soi, dit en secret :
    Ah ! ce prix est pour Ismene.

B

Mais nos jeux en ce jour ne peuvent vous
flater.

I S M E N E.

Jadis , le Dieu des bois , dans ce lieu
folitaire,
Du deftin des amants dévoiloit le miftere,
J'ai befoin de le confulter.

C l o é.

Eh , par quel miracle ,
Ce divin oracle ,
Rendroit-il votre fort plus doux ?

l e  C h œ u r.

Qui vous voit vous adore ;
Vous nous enchantés tous.

Peut-on former des vœux encore ,
Quand on eft belle comme vous ?

C l o é.

Qui vous voit , &c.

l e  C h œ u r.

Qui vous voit , &c.

CLOÉ.

Le même jour ramene parmi nous,
La fête d'Ismene & de Flore.

Qui vous voit vous adore,
Vous nous enchantés tous.

LE CHŒUR.

Qui vous voit, &c.

CLOÉ.

Nos demi-Dieux, avec un soin jaloux,
Ont placé votre image au temple de l'Aurore.

LE CHŒUR.

Qui vous voit, &c.

CLOÉ.

Peut-on former des vœux encore,
Quand on est belle comme vous ?

LE CHŒUR.

Qui vous voit vous adore,
Vous nous enchantés tous.

( On danse. )

B ij

ISMENE.

Dieu des âmes,
Quand tes flâmes
En secret règnent sur nous :
Quel martire,
Pour détruire
Un enchantement si doux !
On soûpire,
On veut lire,
Dans le cœur de son amant :
Tant de peine
Ne nous mene
Qu'à l'aimer plus tendrement.

( On danse. )

CLOÉ.

Vous voulés en cès lieux former des vœux
secrèts :
Nous reviendrons bientôt célébrer le succès.

## SCÊNE TROISIEME.

### ISMENE, *seule.*

O Vous ! qui nous fîtes entendre
De l'obscur avenir l'inévitable loi ;
A Daphnis, en secret, j'ai destiné ma foi ;
Dites-moi si son cœur est tendre ;
Mais gardés-vous de me l'apprendre,
Si c'est pour une autre que moi :

Quelque route que je prenne,
Je le rencontre au matin ;
S'il est des fleurs dans la plaine,
Il en seme mon chemin :
L'air qui me plaît d'avantage,
Aux échos de ce bocage
Il le chante tout le jour :
Mais Daphnis, regret extrême ?
Ne m'a point dit, je vous aime :
Non, Daphnis n'a point d'amour.

A la fête de l'Aurore
Je quittai bien-tôt les jeux :
Il danſa, dit-on, encore ;
Mais l'ennui peint dans les yeux :
Il ſuivit bien-tôt mes traces ;
Je fus au temple des Grâces,
Il parut dans le moment.
Mais Daphnis, ſurpriſe extrême ?
Ne me dit point, je vous aime :
Non, Daphnis n'eſt point amant.

On vient. Ah ! c'eſt lui-même.

Votre bonheur fera peu de jaloux ;
Comment peut-on ceder au charme des
     menfonges ?
     C'eft fuir des biens cent fois plus doux,
     Pour s'égarer avec les fonges.


     L'erreur, qui féduit,
     Aifément s'envole ;
     Le réveil détruit
     Un bien fi frivole.


Votre bonheur, &c.

                DAPHNIS.

     J'imaginois une beauté
     Par un jeune berger fuivie :
Lifis.... c'eft le berger ; la nimphe, c'eft
     Zélie.
     Mais quoi, ce récit inventé ,
     Peut-être déja vous ennuie ?

                ISMENE.

     La peinture des tourments ;
     Ou du bonheur des amants,
                         N'eft

N'eſt jamais indifferente :
Sont-ils dans l'attente
D'un deſtin heureux ,
Avec eux ,
On s'impatiente.

Oui, vous m'intereſſés, Daphnis ;
Parlés.... Hé bien, Liſis ?....

DAPHNIS.

Il éleve un autel, où la reine des rôſes
Regnoit ſur mille fleurs , nouvellement
éclôſes ;
A ſa voix, d'une lire uniſſant les doux ſons,
Des charmes de Zélie il célébroit l'empire.

ISMENE.
N'auriés-vous point retenu ſes chanſons ?

DAPHNIS.
Sans peine je puis les redire.

Traçons d'une Vénus nouvelle
L'heureux tableau :
A meſure qu'il eſt fidele ,
Il eſt plus beau :

C

Quand il enchante, on ne peut craindre
　　Qu'il foit flaté;
A peine l'art va jufqu'à peindre
　　La vérité.

ISMENE.

Il ceffa de chanter? Ah, Daphnis quel dom-
　　mage!
DAPHNIS.
Si la chanfon vous plaît, il chanta da-
　　vantage.


Celui qui, bravant l'efclavage,
　　A pu la voir;
Contre un autre écueil fait naufrage,
　　Sans le prévoir:
Au doux penchant qui vous attire
　　En l'écoutant,
On croit feulement qu'on admire;
　　On eft amant.

ISMENE.

Le portrait eft charmant.... Confentés je
　　vous prie
Que la nimphe l'ait entendu.

DAPHNIS.

Sans doute le berger avoit joint sa Zélie.

ISMENE.

Je crois imaginer ce qu'elle a répondu.
  » Quand il seroit sincere
  » Ce portrait enchanteur ;
  » D'une fidele ardeur
  » Cette preuve est légere.
Ah ! demandés à plus d'une bergere ;
  Un éloge flateur
Est moins souvent le langage du cœur,
  Qu'un art trompeur de plaire.

DAPHNIS.

» Non, s'écria Lisis ; quelle injustice,
  ô Dieux !
  » Quand c'est vous qu'on adore ;
» Ne peut on vanter ces beaux yeux,
» Et tout l'amour qu'ils font éclore ?
  » Quand c'est vous qu'on adore,
» L'amant qui l'exprime le mieux,
» Le sent mille fois mieux encore.
» Mais Lisis connoît trop qu'il doit fuir vos
  attraits.

C ij

I S M E N E.

Lifis fuiroit Zélie ? Hé ! quel dépit l'inf-
    pire ?

D A P H N I S.

Il prouve fon amour par mille foins difcrèts ;
    En douter , c'eft lui dire :
    Je ne vous aimerai jamais . . . . .

Vous n'imaginés plus ce que la nimphe
    penfe ?

I S M E N E.

Je la crois interdite . . . . & confultant fon
    cœur.

D A P H N I S.

Et ce cœur, il n'a donc que de l'indiffe-
    rence ?

I S M E N E.

Peut-être du berger il accufe l'erreur.

D A P H N I S.

Quoi, l'erreur ! .. que ce mot pour Lifis a
    de charmes !
Un efpoir enchanteur adoucit fes allarmes.

*( Se jettant aux genoux d'ISMENE. )*

Il tombe à ses genoux. Ah ! connoissés mes
feux .... +

*( Les bergers paroîssent. )*

Ciel ! on vient.

ISMENE.

Achevés.

DAPHNIS.

On annonça des jeux ;
Lisis, désesperé, fut contraint de ce taire....
ié ? que pensoit Zélie en ce moment fâ-
cheux ?

ISMENE.

Elle partageoit sa colere.

*( On danse. )*

+ Sur L'amoureux
eloé, et les choeur
Paroissent au fond
du Théatre sans
s'avancer.

Sur L'air, les danse
Entre : Les choeurs
prennent leurs
places ordinaires.

## SCÊNE CINQUIEME.

ISMENE, DAPHNIS, CLOÉ,
BERGERS, BERGÈRES, FAUNES
& PASTRES.

### CLOÉ.

L'ORACLE a-t'il parlé ? fans doute dans
     ce jour
Le Deftin à vos vœux n'oppôfe point d'ob-
     ftacles ?

#### ISMENE.

Je n'ai confulté que l'Amour ;
     C'eft le plus charmant des oracles.

Daphnis, je vous choifis, vous êtes mon
     vainqueur.
Mais, que dis-je ? choifir ! j'obéis à mon
     cœur ;
          Oui, Daphnis, je vous aime.

#### DAPHNIS.

Aveu charmant ! félicité fuprême !
Un feul mot a rempli les vœux que je for-
     mois.

#### ISMENE.

Depuis longtems je vous aimois.

D A P H N I S.

Dans votre cœur je n'ôſois lire.

I S M E N E.

Depuis longtems je vous aimois ;
Qu'il me tardoit de vous le dire !

E N S E M B L E.

Du tendre amour j'ignorois le pouvoir ;
Ce Dieu trïomphe dans mon âme.
Ah ! que j'aime à vous devoir
Le doux tranſport qui m'enflâme !

I S M E N E.

Amours, Plaiſirs & Jeux,
Regnés, troupe rïante.
Que tout chante
Dans ces lieux.
Amours, &c.

( On danſe. )

C L O É.

Que tout chante
Dans ces lieux.
Iſmene eſt charmante.
Daphnis eſt heureux.

L E  C H Œ U R.

Que tout chante, &c.

( On danſe. )

### D A P H N I S.

Vous, qui voulés charmer
Voici tout le miftere :
Songés moins à plaire,
    Qu'à bien aimer.

Amant
D'un objet charmant,
Sa feule préfence
Payoit mon tourment :
Perdant, avec conftance,
Les foins que j'offrois,
Du-moins je l'adorois.

Voüs qui voulés charmer, &c.

Belle Ifmene,
    Quelle chaîne !
Sort plein d'attraits !
Heureux déformais,
Nos jours vont coûler en paix.

Voüs qui voulés charmer, &c.

( Un divertiffement général termine
la Paftorale. )

### F I N.